LA BAGUETTE DE VULCAIN

COMEDIE.

cette piece est differente de celle imprimée dans le Theatre Italien

A ROUEN,

Chez JEAN DUMESNIL, dans la Cour du Palais.
&
BONAVENTURE LE BRUN, sous la Porte du Palais.

M. DC. XCIII.

AVIS
AU LECTEUR.

LA Baguette de Vulcain Comedie a eu tant de succés, representée sur le Theatre dans cette ville par les Comediens, que plusieurs Personnes qui l'ont vû joüer ont souhaité de l'avoir Imprimée, ce qui m'a obligé d'en demander une Copie, sur laquelle j'ai fait cette Impression le plus fidellement qu'il a été possible, & où je n'ay rien épargné pour sa perfection, je dois esperer que l'on m'en sçaura bon gré & que si cette piéce agrée au public on lui en donnera plusieurs autres dans la suite.

ACTEURS.

ROGER, *Chevalier.*

UN DRUIDE, *Musicien.*

COLOMBINE, *Femme ayant perdu son Mari.*

IZABELLE, *Ieune fille.*

THIBAUD, *autre Païsan.*

Vne vieille femme de LUCAS, *Personnage muet.*

PIERROT, *Païsan niais valet de Rocantin.*

BRADAMANTE, *Fille endormie depuis deux cens ans.*

PASQUAREL, *Mari de Colombine.*

LUCAS, *un Païsan*

MARINETTE, *Femme de Thibaud.*

ROCANTIN, *un Vieillard.*

LA BAGUETE DE VULCAIN.

COMEDIE

ORNE'E DE MUSIQUE.

LE THEATRE REPRESENTE un Palais, & dans le fonds un Geant d'une énorme & prodigieuſe grandeur.

SCENE I.

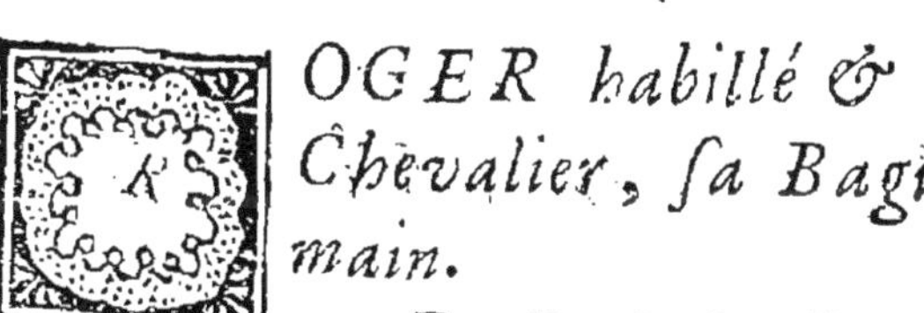

OGER habillé & armé en Chevalier, ſa Baguete à la main.

ROGER.

C'eſt dans ce jour que Roger, cét

incomparable Chevalier, va délivrer Bradamante de ce monstrueux Geant, qui par la force de ses enchantemens la tient renfermée & endormie dans ce Palais depuis deux cens ans.

O amour petit Dieu falot,

Corrobore mon cœur craintif,
D'un Julep confortatif,
Car l'hideuse & l'affreuse mine
De ce Geant rebarbatif,
A fait sur moy pauvre chetif,
Les effets d'une medecine.
Et toy cruel Sarrazin,
Qui par un esprit trop malin
Retiens ma gente Tourterelle,
Dis-moy si tes bras pour fendans,
Ont bien pû garder deux cens ans
L'honneur de cette Jouvencelle.
Helas! dans nôtre temps
Pour conserver une Pucelle
Jusques à l'âge de seize ans,
Combien faudroit-il de Geans.

Mais il est tems de montrer des éfets sans s'amuser à des paroles, puisque le Geant est endormi, coupons-luy d'abord la tête.

Les Violons pour exciter Roger au combat jouent un air.

Roger coupe le Geant en plusieurs morceaux.

Les membres separés courent aprés luy, ce qui luy fait dire d'un ton tremblant & Comique.

Messieurs les membres je vous demande pardon, ayez pitié d'un pauvre Chevalier : Madame la Tête quartier je vous prie, je ne l'ay pas fait exprés, je ne croyois pas que cela vous feroit mal, quartier, quartier, misericorde.

Tous ces membres disparoissent.

ROGER.

Je suis vainqueur,
Mais ce n'est pas sans peur.

Achevons de rompre l'enchantement & tirons des bras du sommeil la charmante Bradamante.

Le Palais qui étoit gardé par le Geant, s'ouvre.

SCENE II.

ROGER allant à la porte du Palais pour réveiller BRADAMANTE.

ALLONS reveillés-vous, belle endormie, n'est-il pas temps depuis deux cens ans que vous dormés, cela est horrible, on ne sçauroit tirer une femme du lit.

ROGER luy donnant un coup de sa Baguette.

Allons qu'on se réveille.

BRADAMANTE *étonnée.*

Ah Ciel.

ROGER.

Qu'avez-vous la Belle, est-ce que le coloris de mon visage vous surprend, ô aprenés la belle que depuis deux cens ans que vous dormés, les hommes sont changés du blanc au noir, & les femmes du noir au blanc & au rouge; mais pardonnés belle Bradamante, si je vous interromps dans quelque réve, dont vous auriés peut-être été bien aise de voir la fin.

BRADAMANTE.

Quoy, il y a deux cens ans que je n'y vû le jour.

ROGER.

Asseurément.

BRADAMANTE.

Helas! je ne retrouverai donc plus l'amant qu'on m'avoit destiné pour époux.

ROGER.

Ho! pour des Amans vous n'en manquerés pas, la plus laide en a dans ce païs-cy; mais pour des épouseurs, *rara avis erit* : Mais dites-moy un peu des nouvelles du temps passé, en revanche je vous en apprendray de celui-cy. De vôtre temps, il y a deux cens ans, avant vôtre sommeil, comment faisoit-on l'amour.

BRADAMANTE.

Le cœur se payoit par le cœur, la Maîtresse croyoit tout ce que son Amant luy disoit, & l'Amant ne luy disoit que ce qu'il pensoit.

ROGER.

Ho que ce n'est plus le tems, on fait l'amour d'une methode toute nouvelle, On marchande une fille chez le pere comme une aulne de drap, & souvent tel qui croit avoir la piece entiere trouve qu'on en a levé bien des échantillons. Eh dites-moy un peu comment vivoit le mary avec sa femme, de vôtre temps ?

BRADAMANTE.

Dans une union parfaite, la joye, la tristesse, les biens, les honneurs, tout devenoit commun si-tôt qu'on s'étoit donné la foy.

ROGER.

Ho que ce n'est plus le tems, lorsqu'on se marie, la communauté ne subsiste que dans les Articles du Contrat, & le mari n'a rien de commun avec sa femme que le nom & la qualité, il a sa chambre seule, son carrosse seul, il n'y a que son lit qu'il n'a pas toûjours tout seul ; & de vôtre temps avoit-on trouvé le secret de s'égorger avec la plume? Qui est-ce qui rendoit la justice ?

BRADAMANTE.

D'anciens & venerables Magistrats que rien ne pouvoit corrompre, qui passoient la nuit à examiner les Procés, & le jour à les juger.

ROGER.

Oh, Oh! que ce n'eſt plus le tems; la pluſpart de nos Juges paſſent la nuit à joüer au Lanſquenet, & le jour à dormir à l'Audiance.

BRADAMANTE.

Mais comment peuvent-ils donc ſçavoir les Procés?

ROGER.

O vertu-bleu, cela n'empêche pas qu'ils ne ſçachent la chicane comme des Céſars. Eh de vôtre temps y avoit-il des Spectacles, des Comedies, des Opera, par exemple?

BRADAMANTE.

O vrayement oüi, c'étoit une Muſique & des Balets dont tout le monde étoit charmé; la magnificence y regnoit, rien n'y étoit épargné, les Auditeurs étoient fort attentifs & ſortoient extrémement contens.

ROGER.

O vraymene ce n'eſt plus le temps, c'eſt à preſent tout le contraire, les Entrepreneurs d'Opera ont bien changé les choſes, leur avarice eſt cauſe qu'on y ſifle quelques-fois à outrance, & qu'on en ſort fort mécontent. Eh de vôtre temps la Comedie ?

BRADAMANTE.

La Comedie reformoit les mœurs, & reprimoit les Ridicules, les Comediens cenſuroient tout le monde, Bourgeois, Partiſans, Medecins, Avocats, Abbés, Courtiſans, tout étoit en bute aux traits de leurs piquantes Satires.

ROGER.

O vrayment ils font bien pis à preſent, ils n'épargnent pas dans leurs Comedies les Princes, les Rois, les Empereurs, ný les maîtres à danſer.

BRADAMANTE.

Mais aprés avoir répondu à toutes nos queſtions, ne ſçauray-je point à qui je dois le bonheur de revoir la lumiere.

ROGER.

C'eſt à moy qui ſuis ROGER, l'élite des Chevaliers, c'eſt à moy qui ſuis ce fameux Magicien, qui avec cette Baguette enchantée découvre les treſors les plus cachés. Mais belle BRADAMANTE, allés faire un tour dans ce Palais, pendant que j'arracheray des bras du ſommeil toutes ces perſonnes qui ſont icy endormies, depuis deux cens années.

RRADAMANTE ſort.

ROGER.

Achevons de rompre l'Enchantement & faiſons venir icy le DRUIDE, qui eſt l'Oracle de ces lieux.

Les Violons joüent un air.

SCENE III.

TIBAUD, MARINETTE, ROGER, LE DRUIDE.

TIBAUD.

JE venons.... j'ons .... c'eſt juſtement tout comme.

ROGER.

Voilà fort bien entrer en matiere, ce Garçon-là a beaucoup d'eſprit, & s'énonce fort ſpirituellement.

TIBAUD.

Tant y a, enfin.

Je nous plaignons de n'avoir point d'enfans,
Je crois que je n'avons pas l'âge,

Et c'est la faute à nos parens,
De nous avoir bouté trop tôt au mariage.

ROGER.

Eh quel âge avés-vous bonnes gens.

TIBAUD.

Eh-eh je n'ay gueres que trente ans.

ROGER.

Le pauvre enfant !
Et vous ?

MARINETTE.

O pour moy je suis jeûne,
J'auray vingt ans, viennent les prûnes.

ROGER.

A vingt ans porter fruit, Oh cela ne se peut,
Cependant si vôtre Epoux veut,
Je pourai vous dõner une dispence d'âge:
Et depuis quand la Belle êtes-vous en ménage ?

MARINETTE.

Je ne sçay pas compter le temps par Almanach,
Mais j'ay bien remarqué que depuis ce temps-là
Ma vache a fait deux viaux.

ROGER.

C'est qu'elle étoit en âge.

Mais qui peut dõc causer vôtre sterilité
N'avés-vous pas tous deux depuis le mariage
Sous le même toit habité?

TIBAUD.

Oüi, car un jour Maturine
Nous enfermit dans la cuisine,
Mais quand je fûmes là tous deux,
Je fûmes si honteux.

ROGER.

C'est la pudeur de l'extrême jeunesse,

MARINETTE.

Pour ne point voir Pierrot je fis une finesse;
Je me bouchay les yeux avec mes cinq doigts.

TIBAUD.

Moy je n'en fis point à deux fois,
Je grimpis tout auhaut de nôtre cheminée
Et j'y fus sans groüiller toute l'aprê-dinée.

ROGER.

Et depuis ce temps-là?

TIBAUD.

Je nous fuyons faut voir.

ROGER.

Et malgré tout celà

Vous ne pouvés avoir lignée
Il entre du malheur dans vôtre destinée,
Car je sçay des Epoux
Qui prennent à se fuïr autant de soin que vous,
Et qui malgré leur mes-intelligence
Ont des enfans en abondance.

TIBAUD.

Que ces peres-là sont heureux.
Helas que ne suis-je comme eux !

ROGER.

Leurs femmes sont bien plus hûreuses,

MARINETTE.

Qu'elles doivent être joyeuses
D'avoir tant de petits poupons,
Aprenés-nous comme elles font,
Car je voudrois bien être aussi contente qu'elles.

ROGER.

L'ORACLE sur ce point vous dira des nouvelles.

LE DRUIDE *chante ses paroles.*

Je ne veux point troubler vôtre ignorance,
Ny vous montrer un chemin trop battu;
Pour être sage, un heureuse indolence
Vaut souvent mieux qu'une foible vertu.

ROGER chante comiquement ces paroles.

Au bon vieux temps
La femme étoit sans science,
Mais pour à present :
Tou re lou-re reloure ,
La fille sçait tout avant quatorze ans.

ROGER *continuë.*

Allés bonnes gens , retirés-vous , je vous apelleray quand il sera temps que vous veniés prendre part à nos divertissemens, voicy une jeune fille qui veut me parler , retirés-vous.

SCENE IV.

ROGER , IZABELLE,

IZABELLE.

MONSIEUR j'ay recours à vôtre sorcellerie.

ROGER.

Vous avés recours à ma sorcellerie, si vous voulés je mêleray ma magie noire avec vôtre magie blanche *

* *Montrant sa barbe noire.*

IZABELLE.

On dit Monſieur, que vous avés réveillé une fille qui dormoit depuis deux cens ans, helas ! ne pourriés-vous point endormir ma mere pour la moitié de ce temps-là.

ROGER.

Endormir une mere, j'aimerois autant avoir dix maris à bercer.

IZABELLE.

Oh c'eſt que ſi vous endormiés ma mere, je prendrois ce temps-là pour me marier ſans qu'elle en ſçût rien.

ROGER.

Que cela eſt naturel, une pauvre petite mineure qui cherche à s'émanciper.

IZABELLE.

Oh je l'en avertirois quand elle ſeroit éveillée.

ROGER.

Ah il y a de la conſcience là dedans, * cela eſt fort honnête vrayment.

IZABELLE.

C'eſt une femme inſuportable : Tenés, Monſieur, le dernier manteau qu'elle m'a fait faire me vient juſqu'au

* *Montrant le viſage d'Izabelle.*

menton, & vous ſçavés, Monſieur, qu'une fille dans ce temps-cy aimeroit tout autant n'avoir point de gorge que de ne la pas montrer.

ROGER.

Il eſt vray que comme les filles & les femmes d'apreſent ſont fort échauffées elles aiment fort le grand air.

IZABELLE.

Il n'y a plus moyen de vivre avec elle, elle veut que je vive comme on vivoit de ſon temps, & vous ſçavés, Monſieur, que cela ne s'accorde gueres avec la reforme de ce temps.

ROGER.

Ah ! je vous aime d'aimer la reforme à vôtre âge.

IZABELLE.

Croiriés-vous bien qu'elle ne veut pas que je mange toute ſorte de ragoûts, elle dit que de ſon temps les femmes ne vivoient que de fruit & de laitage.

ROGER.

Eh mais c'eſt bien la même choſe à preſent, il eſt vray que les femmes ont trouvé le moyen de ſe rafraîchir avec des Jambons de Mayence, des Artichaux, des Truffes, des Mortadelles, & des Saucissons de Boulogne, & pour leur laitage elles boivent du vin de Bourgogne, & du vin de Champagné.

IZABELLE.

Fy donc, Monsieur, du vin, on dit que cela gâte le teint, & je n'en bois plus depuis que ma cousine m'a apris à boire du Ratafia.

ROGER.

Comment donc vous bûvés du Ratafia, en verité vous avés une aimable cousine, & vous êtes fort bien moriginée.

IZABELLE.

Mais, Monsieur, si vôtre baguette ne peut pas endormir ma mere, dites-moy donc ce qu'i faut que je fasse pour l'empêcher de gronder.

ROGER.

LE DRUIDE va vous donner un conseil là-dessus.

LE DRUIDE Chante.

Mere qui gronde,
Qui tempête & qui fronde,
Fait son employ dans le monde
Lors qu'elle est sur son retour
Fille qui la laisse dire,

Et

Et qui n'en fait que rire
Fait ſa charge à ſon tour.

ROGER *chante*

Quand mere ſauvage
Dit dans ſes leçons
Que fille à vôtre âge
Doit fuïr les Garçons,
Vous devés répondre
C'eſt ce que j'ay reſolu
LANTURELU, lanturelu, &c.

ROGER.

C'eſt maintenant que l'on peut dire avec plus de raiſon que jamais.

Dans ce ſiecle ruſé l'on ne voit plus d'enfans
Une fille à quinze ans
Penetre juſques au fond de l'Amoureux miſtere,
Les ſecrets les plus curieux,
A cét âge elle en ſçait tout autant que ſa mere,
Et l'execute beaucoup mieux.
Rarement à cét âge une fille eſt docile,
Que de tels animaux la garde eſt difficile
Prés d'eux les plus fins ſont Capots,
C'eſt poulets ſont à peine éclos
Par pur inſtinct de la nature

Que d'eux-mêmes d'abord ils cherchent la pâture.

Allez ma belle retirés-vous & profités de ma chanson.

SCENE V.

LUCAS, & sa femme qui est une vieille Laide.

ROGER.

Que veulent ces gens-cy.

LUCAS.

Or donc pour revenir à mon premier discours ; mais vous m'interrompés toûjours.

ROGER.

J'aurois ma foy grand tort, la harangue est jolie.

LUCAS.

Vous sçaurés donc Monsieur qu'on a sa phantaisie,
Tantôt on est garçon, tãtôt on ne les plus,
Il n'est rien tel que les Cocus,
Car ils le sont toute leur vie,
*Voyés-vous bien cette poulette-là **
C'est ma femme quoy qu'on en dise
Divinés pourquoy je l'ay prise.

* *Montrant cette vieille.*

ROGER.

Pour ſes biens.

LUCAS.

Non.

ROGER.

Pour ſes parens.

LUCAS.

Oh non pour ſa beauté.

ROGER.

Qui diantre s'en ſeroit douté.

LUCAS.

Regardés-la bien, c'eſt elle
Qui me fait boüillir la cervelle,
Je croyois qu'au bout de neuf mois,
Toute femmelle au moins un enfant devoit rendre,
Je comptois le temps par mes doigts.

ROGER.

Combien t'a elle fait attendre
un an.

LUCAS.

Oh oh!

ROGER.

Deux ans.

LUCAS.

Oh oh!

ROGER.

Dix ans.

LUCAS.

O que nanny.

Elle a mis tout au plus quatre mois & demy,

ROGER.

La chose est prompte, mais avec femme qu'on aime

Il ne faut pas entrer dans un calcul Bourgeois,

Ny prẽdre garde à trois ou quatre mois:

C'est pourtant le Hic *de l'affaire,*

Et ce qui fait que bien souvent

On n'est pas pere d'un enfant,

Bien qu'on soit mary de sa mere.

De pareils accidens

Sont arrivés à fort honnêtes gens.

Et si l'on calculoit des maris la presence

Et qu'on en supputât l'absence,

Il seroit peu d'enfans dont la naissance,

Ne vint ou trop tôt ou trop tard.

Il faudroit faire exprés un Almanach bâtard.

LUCAS.

Cét enfant est venu tout franc bien à la hâte.

Et je crois n'avoir pas mis la main à la pâte.

ROGER.

Et combien avoit-il ?

LUCAS.

Je vous l'ay déja dit.
Quatre mois & demy.

ROGER.

Et bien qu'est-ce que tu lanternes,
Ton enfant est produit à terme,
Pourquoy faire tant de bruit,
Quatre mois & demy de jour, autant de nuit;
Le total à neuf mois se monte,
Et bien n'est-ce pas-là ton compte ?

LUCAS.

Ah ! vous avez raison cette fois
Je suis bien plus heureux que je ne le pensois,
Viens ma Poupone,
Viens ma Bichone
Que je répare ton honneur.

ROGER.

Tout franc vous aviez grande peur,
Mais le Druide va vous consoler,

LE DRUIDE *Chante.*

Vous n'avés pas besoin qu'on vous cõsole

Elle a tout l'air d'une femme d'honneur,
J'en jurerois presque sur sa parole,
Mais j'aime mieux jurer sur sa laideur.

ROGER. *Chantant.*

Au temps passé
L'on n'achetoit que les Belles,
Mais tout a changé :
Tou reloure reloure, &c.
Il ne reste plus de bête au marché.

ROGER.

Laissés-moy parler à cette femme, vous viendrés aprés prendre part à nos divertissemens.

SCENE VI.

COLOMBINE, ROGER.

COLOMBINE, pleurant.

MONSIEUR, je vois icy tout le monde en joye, mais pour moy je ne sçaurois rire.

ROGER.

Et qu'avez-vous donc la belle larmoyeuse.

COLOMBINE.

J'avois un mari hi, hi, hi, quand je fûs enchantée hé, hé, hé, je ne le retrouve plus, hu, hu, hu.

ROGER *la contrefaisant.*

Hi, hé, hu, hi, hé, hu, quoy la perte d'un mari vous afflige si fort, ô vous avés beau pleurer en musique, vous ne trouverés gueres de veuves qui fassent la contre-partie avec vous.

COLOMBINE *riant.*

Il est vray qu'un mari est un meuble qui ne se perd pas facilement, & l'on ne voit gueres d'affiche pour des maris perdus. On dit, Monsieur, que vous avés une certaine Baguete avec laquelle vous trouvés les tresors les plus cachés.

ROGER.

Oüy, c'est avec cette Baguete miraculeuse & enchantée que je découvre les sources, les limites, les mines, & tout ce qui est de plus caché dans la nature, que je suis sur Mer & sur Terre, les voleurs & les meurtriers à la piste, & enfin c'est avec cette surprenante Baguete que je retrouve les maris perdus.

COLOMBINE.

S'il est ainsi, trouvés-moy donc le mien, Monsieur je vous prie.

ROGER.

Je veux bien retrouver vôtre mari, mais il faut sçavoir auparavant, s'il est dans le cas de ma Baguette. Voyés, examinés vôtre conduite, avez-vous toûjours été fidelle à vôtre mari :

COLOMBINE *avec emportement.*

Si j'ay été fidelle à mon mari, j'aurois devisagé un homme qui m'auroit seulement regardé entre deux yeux.

ROGER.

Et bien s'il est ainsi, ce que j'ay pourtant peine à croire, je ne puis rien pour vous, & ma Baguette ne peut retrouver vôtre mary.

COLOMBINE *surprise, & d'un ton radouci,*

Comment donc Monsieur.

ROGER.

C'est que cette Baguette est un présent qui m'a été fait par Vulcain, & qui n'a point de pouvoir sur les maris dont les femmes ont été sages & fidelles, mais pour peu qu'elle aproche d'un mari

mari tant soit peu Vulcanisé, elle se tourne & se forme en croissant, & cela en memoire du Bouquet que le Dieu Mars fit porter a ce Forgeron.

COLOMBINE *pleurant.*

Que je suis malheureuse d'avoir eu tant de vertu, helas! que n'ay-je suivi mon penchant.

ROGER.

Il est vray, vous vous en seriez mieux trouvée, & j'aurois retrouvé vôtre Mari, cependant voyez encor une fois & examinez bien vôtre conduite, pour peu que vous ayez écorné la fidelité matrimoniale....

COLOMBINE.

Hé mais .... attendez ... attendez....

ROGER *sur le même ton.*

Voyez ... voyez ...

COLOMBINE.

Attendez ... attendez ...

ROGER.

Hé bien.

COLOMBINE.

Mais il me souvient ...

ROGER.

Courage, courage.

COLOMBINE.

Il me souvient qu'il venoit chez nous un certain gros Partisan, qui faisoit tout ce qu'il pouvoit pour faire profiter son argent auprés de moi, est-ce assez Monsieur pour la Baguette.

ROGER.

Non, non.

COLOMBINE.

Attendés, ... attendés ....

ROGER.

Allons, avoüez moi tout, n'ayés point de honte.

COLOMBINE.

Il me souvient qu'il venoit chez nous un certain jeune Plumet qui étoit bien fringant & semillant, est-ce assez pour la Baguette?

ROGER.

Non, non.

COLOMBINE.

Attendez Monsieur, attendez, il me souvient qu'il venoit au logis un jeune Blondin à Rabat, qui....

ROGER.

Alte-là, s'il vous plaît, ce Rabat étoit-il de la grande ou de la petite espece?

COLOMBINE.

Hé! mais ce Rabat étoit de quatre doigts plus court que celui d'un Conseiller.

ROGER.

Il n'y a pas là dequoy faire tourner ma Baguette.

COLOMBINE *d'un air fâché.*

Mais, que diantre il faut donc bien des choses.

ROGER *avec emportement.*

Il faut que vous .... eh! mais il faut ce qu'il faut.

COLOMBINE *d'un air fort timide.*

Hé mais un jour donc ce jeune Rabat me menant promener à la campagne fit rompre exprés la fleche de son Carrosse, & nous fûmes obligez de coucher à sa maison de campagne.

ROGER *d'un air fort gay.*

O en voila plus qu'il n'en faut pour retrouver vôtre mari. je le vous trouverai fût-il au centre de la terre, vôtre mari n'est pas loin aparamment. *

* Dans ce tems-la. Baguette tourne en croissant & forme deux cornes.

SCENE VII.

PASQUAREL, COLOMBINE, ROGER.

PASQUAREL.

JE cherche ma Femme, & je ne la puis trouver. Quel malheur! Quelle disgrace de perdre une Femme si vertueuse!

ROGER *presentant la Baguette à Pasquarel.*

PASQUAREL.

Ce n'est pas là Monsieur, ce que je cherche.

ROGER.

Voilà pourtant ce que vous trouvez.

COLOMBINE.

Ah! mon cher Mari.

PASQUAREL.

Ah ma chere Femme! à qui dois-je le bonheur de t'avoir retrouvée?

ROGER.

Je m'en vais lui dire, cette avanture le divertira.

COLOMBINE *à Roger.*

Et non, non Monsieur, faites arrêter vôtre Baguette : ah mon cher mari, tout franc, tu m'as plus d'obligation que tu ne penses, car sans moi tu n'aurois jamais été retrouvé.

ROGER *à Pasquarel.*

Elle a ma foy raison sans la fléche rompuë, vous étiez un homme perdu.

PASQUAREL.

Morbleu, je me doute de quelque chose, & je ne crois pas que ma femme soit sage.

LE DRUIDE *Chante.*

Une femme est encore trop sage
Lors qu'aprés avoir fait naufrage,
Elle veut bien cacher l'écueil à son époux
Mais un mari, qui connoît son dommage
Doit filer doux,
De peur d'aprendre au voisinage
Qu'il a raison d'être jaloux.

ROGER *Chantant.*

Ne crains point que le voisin cause
Son mal est trop égal au tien
Quand on le sçait c'est peu de chose,
Quand on l'ignore ce n'est rien

PASQUAREL.

Tout cela ne me contente point, je veux sçavoir autre chose.

ROGER.

Hé bien puisqu'il est si curieux, Monsieur le Druide aprenez lui à quel signe du Zodiaque va coucher un mari la premiere nuit de ses noces.

LE DRUIDE *chante.*

Le Soleil vagabond jamais ne se repose
Il va toûjours de maison en maison
Que de maris feroient la même chose,
S'il leur étoit permis de changer de prison.
Mais d'un époux la demeure est certaine
Quelque chemin qu'il prenne,
Qu'il aille, ou qu'il vienne,
Son ascendant
Toûjours l'entraine
Loger au Croissant.

ROGER *chantant.*

Il va coucher tout de gô
Au signe de Virgo;
Mais dès la seconde journée
Le Capricorne est sa maison
*De cela * je vous en répons*
Mais du Virgo, non, non.

* Faisant tourner la Baguette en cornes.

ROGER.

Allons préparer toutes les choses necessaires pour celebrer mon triomphe.

COLOMBINE.

Mais, Monsieur, voici quelqu'un qui veut vous parler.

ROGER.

O qu'il attende, je reviendray dans un moment.

SCENE VIII.

ROCANTIN vieillard seul.

UN homme de mon âge qui est prêt à se marier pour la troisiéme fois, & qui outre cela a une fille sur les bras est bien embarassé, il n'est point de jour que l'on ne vienne me demander ma fille, mais je ne veux rien determiner sur son mariage que je n'aye consulté l'Homme à la Baguette touchant le mien, mais voici Pierrot. Hé bien, Coquin, à quoi t'amuses tu ? Pourquoi ne m'as-tu pas suivi ?

SCENE IX.

PIERROT Païsan niais, & ROCANTIN.

PIERROT.

MONSIEUR, c'eſt que comme tout le monde ſçait que je ſuis vôtre premier Secretaire avant de vous parler on s'adreſſe toûjours à moi.

ROCANTIN.

Hé bien.

PIERROT.

C'eſt un Abbé qui demande Iſabelle en mariage.

ROCANTIN.

Un Abbé.

PIERROT.

Oüi, Monſieur, il la demande pour un de ſes Freres, lui baillerons nous?

ROCANTIN.

Je verray ce que j'ay à faire, je ne veux rien conclurre ſans avoir vû l'hôme à la Baguette.

PIERROT

Ma foy, Monsieur croyés moi, les filles sont une marchandise dont il se faut défaire le plûtôt qu'on peut, car à garder une fille passé l'âge de quinze ans il y a trop de décher.

ROCANTIN.

Je la marieray quand il sera tems ; mais j'ay une autre chose qui m'embarrasse à present.

PIERROT

Mais Monsieur si vous m'aviés dit plûtôt que vous aviez envie de vous défaire de vôtre fille, je m'en serois accommodé avec vous.

ROCANTIN.

J'ai eu tort de ne t'en pas avoir averti plûtôt.

PIERROT

Asseurement, car je vais me marier d'un autre côté.

ROCANTIN.

A qui donc te marier.

PIERROT

A une fille qui aura plus de vingt-mille écus, c'est une affaire en moitié faite.

ROCANTIN.

Une affaire en moitié faite.

PIERROT.

C'est un Mariage à moitié fait, vous dis je, & vous l'allez voir, pour faire un Mariage tout entier il faut que la fille & le garçon se veüillent tous deux.

ROCANTIN.

Hé bien.

PIERROT.

Et bien la fille ne le veut pas, & je le veux moi, n'est ce pas un Mariage à moitié fait?

ROCANTIN.

Tu as raison, Pierrot, mais révenons à celui pour qui on t'a demandé ma fille en mariage.

PIERROT.

Oh! je ne vous conseille pas de lui bailler, de la maniére que j'en ay entendu parler, il a la mine d'être de ces jeunes étourdis qui courent d'abord au mariage au grand galop, & qui ressemblent à ces jeunes chevaux pleins de feu qui n'ont que la premiere journée dans le ventre.

ROCANTIN.

Taisez-vous impertinent voicy l'homme à la Baguette.

SCENE X.

ROCANTIN, ROGER, COLOMBINE, PIERROT,

ROCANTIN.

MONSIEUR, Je vais vous expliquer mon affaire en deux mots, voicy le fait, quoy que j'aye été fort mécontent de mes deux premieres femmes, je suis dans le dessein d'en prendre une troisiéme.

ROGER.

Que peut ma Baguette pour vous dans cette occasion?

ROCANTIN.

M'aprendre laquelle de mes deux femmes m'a esté la plus fidelle, afin de regler par là la maniere dont je dois en user avec la troisiéme.

ROGER.

Comment en usés vous avec la premiere ?

ROCANTIN.

Je lui laissois toute sorte de liberté, elle recevoit & rendoit visite, & même je lui permetois de donner à jouer chez moy.

ROGER.

Tant pis, si j'étois mari, je ne permetrois aucun jeu chez-moy, point de Bassete, point de Lansquenet, point de Tric trac.

Point de ces jeux publics où l'on passe les nuits
Qui font qu'à tous venans une porte est ouverte,
Celui qui donne le Tapis
Est toûjours pour le moins de moitié de la perte.
La femme y prend plaisir, l'utile est aux valets
Mais le ménage enfin s'en déconcerte,
Et de son Tric trac, l'époux pour tous ses frais
N'a de reste que les cornets.

Et comment en usiez-vous avec la seconde ?

ROCANTIN.

J'en usois tout differemment, elle ne voyoit personne, & je la tenois renfermée tout le jour.

PIERROT.

Oüi, tenez Monsieur, il étoit si jaloux qu'il ne vouloit pas que Mademoiselle demeurât seule avec moi, de peur que elle ne prit inclination pour moi, & il n'avoit pas tout le tort; car je suis assez beau garçon moi.

ROGER.

Pour toute conclusion vous voulez sçavoir laquelle de vos deux femmes a été la plus sage & la plus fidelle pour regler la conduite de la troisiéme : ô ça pour faire operer ma Baguette il faut qu'elle touche les endroits où le mal s'est commis, & comme vôtre front (en cas que vos Femmes ayent manqué de fidelité) a dû être dans cette occasion la partie offensée, aprochons ma Baguette de vôtre front, voici pour vôtre premiere Femme, * vôtre premiere Femme vous a été fidelle.

* La Baguette ne fait aucun mouvement.

ROCANTIN.

O puis qu'il est ainsi je n'ay rien à craindre de la seconde; car je la renfermois de trop prés pour en redouter quelque infidelité.

ROGER.

Cependant voyez, pour en être plus asseuré, aprochons la Baguette de vôtre front, voici donc pour la seconde, * elle ne vous a jamais été fidelle.

ROCANTIN.

Quoi ! toutes mes précautions ont été inutiles.

ROGER.

Voilà ce que c'est que de renfermer ses femmes, il faut se reposer entierement sur leur devoir & sur le penchant qu'elles ont à la vertu, & enfin aprenez, comme dit fort bien un excellent Auteur de ce siécle.

Que les soins défians, les Verroux & les Grilles
Ne font pas la vertu des Femmes ni des Filles.

* La Baguette se tourne en croissant.

ROCANTIN.

N'importe j'éclaireray de si prés sa conduite, & je la retiendray si reserrée qu'elle me sera fidelle malgré qu'elle en ait.

COLOMBINE *chante ces paroles à Rocantin.*

Penses tu jaloux étre sage
De reserrer une beauté,
Plus on la tient dans l'esclavage
Plus on l'engage à trahir sa fidelité.
Vn oiseau que l'on tient en cage
N'aspire qu'à sa liberté.

Vn jaloux n'est donc qu'une Béte
De se donner tant d'embarras,
La beauté qu'une grille arréte
Est toujours préte
A s'échaper d'entre ses bras.
Et ce qu'amour lui met en téte
Vn jaloux ne l'en ôte pas.

ROGER.

Allez bon homme retirez-vous, & vous autres que j'ay tiré des bras du sommeil venez par vos chansons celebrer ma victoire, & la vertu miraculeuse de la Baguette de Vulcain.

SCENE DERNIERE.

ROGER, LE DRUIDE, PASQUAREL, COLOMBINE, ISABELLE, TIBAUD, LUCAS, sa vieille Femme MARINETTE.

LE DRUIDE chante ce Rigodon.

Puisqu'il le faut
Que dans le Mariage
L'un aprés l'autre s'engage
Et fasse le saut,
On doit exprés
En faisant la folie,
Qui dure à jamais,
On doit exprés
Prendre Femme jolie
Pour sauver les frais.

Tout

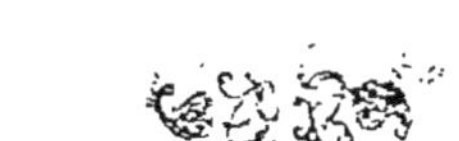

Tout rencherit.
Et dedans le ménage
Qui veut passer pour sage
Doit chercher à mettre tout à profit ;
Ie conseille à tout homme de bon sens
De prendre jeune fille de quinze ans,
Et qui puisse bien gagner ses dépens.
Vne laide souvent
Achete d'un Amant
Les faveurs qu'une Belle vend.

Dans ce Païs
Nous vivons de commerce ;
Nous trafiquons de tendresse,
L'amour est à prix,
Soins assidus,
Respects & complaisances,
N'y sont point reçûs,
Soins assidus,
Pour qui fait les avances
Sont des frais perdus

Pour voir cesser
Les refus d'une belle
Il faut avoir pour elle,
Des tresors que rien ne puisse épuiser
Sans ce secret en vain pauvres Amans
Vous esperez d'avoir d'heureux momens
On ne vend les faveurs qu'aux plus offrans.
Si l'argent n'est comptant.
C'est en vain qu'on est tendre & constant
Autant en emporte le vent.

Les violons jouent un air

LE DRUIDE Chante.

La verte jeunesse
Qui tourne à tout vent
Peut joüir sans cesse
Du plaisir present,
Mais la joüissance
Du vieillard cassé
C'est la souvenance

Du bon tems passé.

LUCAS *Chante.*

Qui pour l'hymenée
Prend une Catin,
A la destinée
D'un marchand de vin :
Vainement il tente
D'enfermer son muid
Toûjours par la fente
Le tonneau s'enfuit.

IZABELLE *chante à Roger.*

Toy qui peux tout faire
Par enchantement
Ote moi la lumiere
Ou me donne un amant ?
Le Soleil qui brille
Fait quelque plaisir
Mais pour rester fille
J'aime autant dormir.

ROGER *chante.*

Il n'est rien qu'on ne tente
Pour avoir la foy

D'une jeune Amante
Faite comme toy,
Quel plaisir fillette
D'être ton Mari,
Si de ma Baguette
On étoit garanti.

ISABELLE *chante*

Ma Mere à mon âge
A ce que l'on dit
Fit son Mariage
A fort petit bruit:
Je puis ce me semble
Par bonnes raisons
Suivre son exemple
Et non pas ses Leçons.

LUCAS *chante*:

Fillete à cét âge
Est un bon ragoût,
Quand le seul usage
En est pour l'Epoux:
Mais dans le ménage
Il n'est pas nouveau
Que quelqu'un partage

Toûjours au gâteau.

COLOMBINE *chante prenant son Mari par la main.*

Malgré l'apparence
Qui frape tes yeux,
Dors en aßeurance
Tu seras heureux.
R'allume ta flamme,
Je jure ma foy
Qu'il n'est point de Femme
Plus sage que moy.

PASQUAREL *répond.*

Quand Femme peu sage
Est en certain cas,
Et qu'en Mariage
Elle a fait un faux pas,
En baissant la tête
Il faut au plûtôt
Remonter sa bête
Et ne dire mot.

ROGER *chante à Pasquarel.*

Si c'est la methode
D'être un peu Vulcain

Sois donc à la mode
Cache ton chagrin
Car ſans trop medire ;
Dans ce lieu j'en vois
Qui crevent de rire
Et le ſont plus que toi.

MARINETTE *à ſon Mari.*

Puiſque ce vieux Pere
Rien ne nous aprend
Touchant nôtre affaire,
C'eſt un ignorant.
Mais quoiqu'il m'en coûte
Bien-tôt je ſçauray
Tibaud *je m'en doute,*
Je te l'aprendray.

TIBAUD *répond.*

Pargué je commence
A m'en douter auſſi,
J'en ſeray je penſe
Bientôt éclairci,
De devenir Pere
Je ſcay le moyen,
Laiſſez le moy faire
Et tout ira bien.

COLOMBINE *chante.*

Dans nôtre Village
Grace à nos Parens,
Toute Fille est sage
Jusques à cinquante ans.
Car c'est estre sage
Qu'avoir des Amans,
Suivons donc l'Vsage
De cet heureux tems.

LE DRUIDE *prenant par la main Isabelle, chante.*

A cet air honnête,
A ce doux maintien,
On croit pour sa tête
N'apprehender rien.
Mais sur telle Navire
On doit craindre au port,
Il n'est point d'eau pire
Que celle qui dort.

ROGER *chante.*

Si cette Baguette
A tant de renom

La raison est nette
C'est que dans Lyon,
Et par toute terre
Il n'est point d'humain,
Qui ne cherche à faire
Son voisin Vulcain.

ROGER continuë.

Si de ma Baguette
Quelqu'un a besoin
D'en faire l'emplette
Qu'il prenne le soin
Chez Vulcain s'achette
Celle des Cocus,
Celle des Coquettes
Se vend chez Venus.

Le Chœur reprend & repete ces quatre derniers Vers.

ROGER *dit ces paroles.*

S'il y a quelque Femme icy qui ait perdu son Mari, je le retrouverai, pourvû qu'il soit dans le cas de ma Baguette.

F I N.

www.ingramcontent.com/pod-product-compliance
Ingram Content Group UK Ltd.
Pitfield, Milton Keynes, MK11 3LW, UK
UKHW012259240726
13966UKWH00004B/1506

9 782013 058506